LE PLI FESSIER

Par M. CHARPY,

Professeur à la Faculté de médecine, Toulouse.

Le *pli fessier* — *sulcus glutæus*, sillon fessier, des auteurs étrangers — est le pli transversal qui sépare la fesse de la cuisse. De ses deux lèvres, l'une est fessière, l'autre fémorale. Accompagné souvent de plis accessoires, il est toujours profond et marque nettement la limite entre ces deux régions; avec le sillon interfessier, *crena ani*, *crena clunium*, qu'il continue, et l'interstice qui sépare les deux cuisses, il forme une figure cruciale dont il est la branche horizontale.

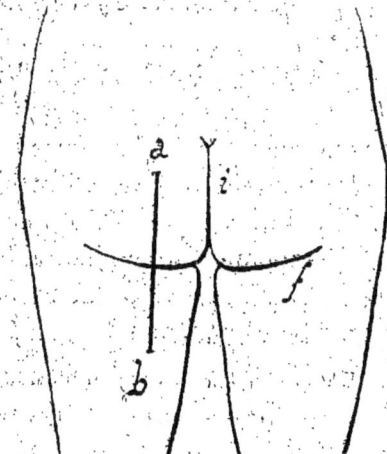

Fig. 1. — PLI FESSIER *f* SUR UN HOMME ADULTE.

i sillon interfessier.
a b ligne d'incision de la figure III.

Plusieurs anatomistes l'ont étudié dans ces dernières années et en ont fixé les traits principaux; il reste cependant des détails à corriger ou à ajouter et une étude d'ensemble à présenter.

SITUATION RELATIVE A LA TAILLE

Le pli fessier est si évident à l'œil, les repères de la face postérieure du corps sont si peu nombreux et si peu prononcés, qu'on ne comprend pas comment il a été négligé par tous ceux qui s'occupent d'anthropométrie. Sans doute, il ne mesure pas la longueur des membres inférieurs qui remontent beaucoup plus haut, jusqu'au milieu du pli de l'aine, mais il est un des éléments qui permettent d'apprécier cette longueur, intéressante à bien des points de vue, et il nous donne, d'autre part, la longueur du buste, c'est-à-dire la hauteur d'un sujet assis mesurée du plan où il s'asseoit au sommet de la tête.

Le pli fessier est situé, pour les sujets de taille moyenne de 165 (h) et de 155 c. (f), à 77 c. chez l'homme, à 68 c. chez la femme, au-dessus du sol. Ces chiffres absolus, qui varient selon la taille des sujets, n'ont rien de significatif. Mais traduits en valeurs centésimales, c'est-à-dire rapportés à la taille supposée égale à 100, et observés sur un certain nombre d'adultes que j'ai mesurés aux salles de dissection, ils oscillent pour l'homme entre 46 et 47 centièmes de taille, pour la femme entre 44 et 45. Ceci veut dire que le pli fessier est situé au 46,5 centièmes de la hauteur totale du corps, dans le sexe masculin, au 44,5 dans le sexe féminin, soit une différence de 2 centièmes.

Cette différence proportionnelle indique une différence de structure. *La femme, à taille égale, a les membres inférieurs plus courts que ceux de l'homme.* Ils sont plus courts mesurés dans leur squelette ou, ce qui revient au même, mesurés par leur face antérieure : cette différence est de 1 centième de taille, et Papillault a constaté, dans ses recherches récentes faites à Paris, que c'est la cuisse seule et non la jambe qui subit cette diminution. « Il semble, dit-il, que le bassin ait exercé sur le développement des cuisses une action inhibitrice. » Ce raccourcissement est plus prononcé dans les classes ouvrières, ainsi que le fait remarquer Stratz (*Les Beautés de la femme*, p. 192); le rachitisme fréquent, la mauvaise alimentation, le travail debout qu'exigent certaines professions nuisent à la croissance des membres. Dans toutes les villes, les classes riches au contraire se distinguent par l'élévation de la taille et l'élancement des formes.

La brièveté des membres pelviens de la femme est surtout manifeste à la partie postérieure. Ici, l'abaissement plus marqué de la fesse chargée en graisse raccourcit encore plus la cuisse au détriment du tronc et, par surcroît, l'illusion que créent les formes du bassin exagère à l'œil ces différences sexuelles. Tandis que chez l'homme, la verticalité du bassin et l'étroitesse des hanches semblent prolonger les jambes jusqu'à la ceinture, l'évasement du détroit inférieur et l'écartement des trochanters chez la femme, joints au volume plus considérable des masses fessières, interrompent la continuité des membres inférieurs et les arrêtent en quelque sorte au pli qui sépare ces deux régions. Il est certaines populations, les femmes toulousaines notamment, chez lesquelles cette disproportion est plus sensible et se laisse reconnaître à travers les vêtements; leur buste est près de terre et leurs formes sont assises.

Le pli fessier ne répond pas au milieu du corps; il s'en faut de 4 ou 5 centièmes environ. Le milieu du corps passe en avant par la symphyse pubienne, en arrière, par le sommet des fesses, c'est-à-dire par leur point le plus saillant, tangent à une verticale. Il est plus haut que le périnée, lequel est lui-même un peu au-dessus du milieu du pli fessier. Toutes ces différences s'accentuent chez l'enfant, qui se fait remarquer, comme on le sait, par la longueur du tronc et la brièveté des membres. Aussi, chez le nouveau-né, voyons-nous le milieu du corps un peu au-dessus de l'ombilic; le pli fessier n'atteint que les 33 centièmes de la hauteur totale. L'enfant qui tombe rencontre le sol près de lui et s'y asseoit tout naturellement.

FORME ET DIRECTION

Le pli fessier est horizontal. Chez le fœtus et le plus souvent chez le nouveau-né, il est obliqué à 45° en haut et en dehors, et ce trajet ascendant se traduit encore chez l'adulte par une élévation plus ou moins sensible du côté externe. Mais il n'est pas rare de voir persister le type fœtal à des degrés divers; même sur des sujets âgés, j'ai observé des plis fessiers très ascendants.

Le pli n'est pas rectiligne, mais arqué; il décrit une courbe à concavité supérieure qui embrasse l'angle interne de la fesse. Cette courbe s'exagère dans le relâchement des tissus qui détermine le prolapsus de cet angle.

Sa longueur moyenne est de 10 cent. Il peut être court, ou au contraire se prolonger jusqu'à la face externe de la cuisse sur une longueur de 15 à 16 c. — Sa plus grande profondeur est à son extrémité interne. Elle atteint 4 cent. sur la femme adulte et près de 3 cent. sur une fillette grasse, âgée de six mois. Elle est en rapport avec le développement de la couche adipeuse et aussi avec la tonicité de la peau qui, fermement attachée aux parties profondes par le ligament suspenseur, oblige la graisse à refluer et à faire saillie dans l'angle de la région fessière. L'œdème des membres inférieurs la porte à l'extrême et découpe un sillon à l'emporte-pièce.

Le pli fessier commence en dedans sur le périnée, passe au-dessous de la tubérosité ischiatique en coupant obliquement le bord intérieur du muscle grand fessier et va se perdre en dehors sur la partie inférieure du grand trochanter, sans atteindre la face externe de la cuisse. Son extrémité interne se continue avec le sillon ou *pli génito-crural*, qui lui-même se prolonge sur la face antérieure du membre par le pli de flexion sous-inguinal. Cette continuité

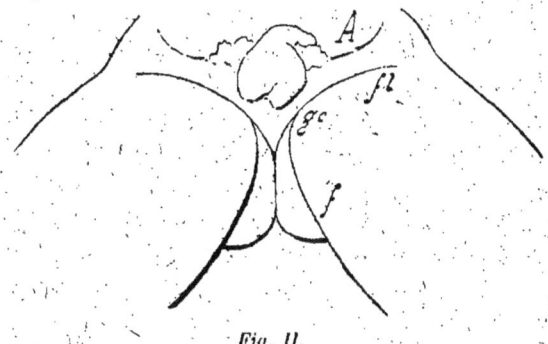

Fig. II.

Continuation du pli fessier *f* avec le pli génito-crural *g.c*, et de celui-ci avec le pli de flexion *fl*. — En *A*, le pli de l'aine.

s'observe déjà sur les fœtus de 4 à 6 mois, et elle est la seule que présente le pli. Vers le 6ᵉ mois, une branche interne s'en détache et va rejoindre le sillon interfessier ; de là pour le pli fessier une double connexion, dont la deuxième est secondaire (voir fig. 6).

Il existe souvent un ou même deux *plis accessoires.* Le pli accessoire est une branche de division interne du pli principal, situé tantôt au-dessus, tantôt et plus souvent peut-être au-dessous ; il suit une direction divergente qui l'en éloigne de plus en plus au dehors.

Observons enfin que, dans leurs formes comme dans leurs dimensions, le pli normal et les plis secondaires présentent de droite à gauche de fréquentes *asymétries.*

Les mouvements du membre inférieur modifient le pli fessier de différentes façons, qui intéressent les artistes et aussi les pathologistes. La contraction du muscle grand fessier le rend plus profond. — Il s'élève ou s'abaisse en totalité, quand le bassin monte ou descend de son côté. — Il s'exagère dans l'extension forcée de la cuisse. Il s'efface

au contraire progressivement, dans sa partie externe surtout, quand le tronc se fléchit sur la cuisse ou, ce qui
revient au même, quand la cuisse se fléchit sur le bassin ; il
disparaît complètement si la flexion atteint l'angle droit.
Aussi a-t-on été conduit, comme nous le verrons plus loin,
à le rattacher aux plis d'extension — Il s'ouvre dans l'abduc-
tion du membre et se transforme en gouttière, mais ne disparaît pas ; l'adduction le referme et affronte ses faces.

Les changements les plus intéressants sont ceux qui se
passent dans la station hanchée. Dans cette attitude, un des
membres inférieurs, le membre portant, est en extension
rectiligne et supporte le poids du corps, le pli fessier de ce
côté conserve sa direction horizontale. De l'autre côté, le
bassin s'abaisse, la cuisse et la jambe se fléchissent modé-
rément et le pied ne touche le sol que par sa pointe ou sa partie antérieure. Sur ce même membre, le pli fessier disparaît ;
à sa place se montre un nouveau pli qui descend obliquement en bas et en dehors sur la face postérieure de la
cuisse. Il en résulte un allongement sensible de la fesse qui
s'accroît par en bas de tout un champ triangulaire. Les
artistes ont de tout temps remarqué et reproduit ce changement de forme ; on en trouvera des dessins dans les
articles cités plus loin de Dévy et de P. Richer. En tra-
çant un trait à l'encre sur le pli fessier normal, il est facile
de voir que ce n'est pas ce pli qui s'abaisse et devient oblique, comme on l'a dit ; il s'efface, excepté dans son extrémité interne, et c'est un nouveau pli qui, partant de cette
même extrémité, se creuse sur la face postérieure de la
cuisse. Ce pli descendant est produit par la saillie du
bord inférieur ou bord interne du grand fessier auquel il
est sous-jacent et qu'il sépare de la masse des fléchisseurs profonds (biceps, demi-tendineux...). Il est l'analogue
du sillon qui suit le bord inférieur du grand pectoral. Ces
transformations sont dues au double mouvement qui s'ac-
complit dans l'attitude hanchée, abaissement du bassin et

flexion de la cuisse. L'abaissement du bassin relâche les
parties molles de la fesse, et la flexion de la cuisse, en même
temps qu'elle efface le pli fessier, met à l'état de tension
ou d'extension passive la partie inférieure du grand fessier et les fléchisseurs sous-jacents, d'où l'apparition d'un
interstice musculaire.

Un de mes anciens maîtres, le professeur Bondet, de
Lyon, a indiqué la présence d'un nouveau signe dans la
sciatique, l'abaissement du pli fessier. Son élève E. Pitiot
en a fait le sujet de sa thèse inaugurale (E. Pitiot, *Des
déformations de la région fessière... dans la sciatique*.
Th. de Lyon, nov. 1886, avec figures). Presque dès le
début de la sciatique, dès le 6e ou 7e jour, on constate sur
tous les sujets un abaissement du pli fessier, abaissement
marqué surtout dans sa partie interne où il atteint de 5
millim. à 2 cent. En même temps, la fesse est aplatie dans sa
partie interne, tandis qu'elle présente en dedans et en bas
une convexité anormale. Chose singulière, cette déforma-
tion persiste après la guérison de la sciatique.

Pitiot attribue l'abaissement du pli à la flacidité du grand
fessier, dont il a constaté l'état de parésie et de sémi-anesthé-
sie, d'où la chute du muscle entraînant avec lui le pli sous-
jacent. Il s'y joindrait une hyperplasie, de cause trophi-
que, du pannicule adipeux de la région ischiatique. Cette
explication est assez plausible. Bien que le pli fessier ne
soit pas produit, comme on l'a cru longtemps, par le bord
inférieur du grand fessier, il ne faut pas oublier que ce
muscle exerce une influence notable sur les formes de la
région, grâce aux adhérences serrées qui unissent son
aponévrose d'enveloppe à la peau et au pannicule adipeux.
Il fixe et tient suspendu tout le tégument et les parties molles voisines, et l'on comprend que son relâchement, sa
ptose, laisse tomber et refoule les tissus mous de la région
ischio-périnéale, d'où abaissement du pli à ce niveau. Peut-
être s'y joint-il un relâchement de l'appareil ligamenteux
qui fixe la peau à l'ischion.

STRUCTURE DU PLI FESSIER

Dans un article précédent *(Les Plis de la peau.— Arch. médic. de Toulouse,* août 1905), j'ai indiqué les caractères principaux que l'on observe au niveau des grands plis cutanés, et qui sont : l'amincissement de la peau, l'orientation parallèle du squelette dermique, la présence de ligaments fixateurs. Tous se présentent ici comme amplifiés.

1° Chez un homme adulte — que j'ai choisi comme type — la peau, c'est-à-dire le derme et l'épiderme réunis, présentait une épaisseur de 4 mill. sur la partie saillante de la fesse et de 3 mill. sur la face postérieure de la cuisse; dans le sillon, elle n'était que de 2 mill. (voy. la fig. III).

2° Au niveau des plis, les faisceaux conjonctifs du derme prennent une orientation parallèle à ces plis, en sorte que si le pli s'écarte et s'ouvre, comme dans l'extension du doigt, par exemple, les mailles du réseau conjonctif s'écartent suivant leur petit diamètre, comme un filet que l'on distend, et le pli est lui-même comme une vaste maille élastique. C'est ce que Langer a montré, en étudiant le système des fentes de la peau à l'aide de poinçons coniques qu'il faisait pénétrer à travers le derme (K. LANGER, *Ueber die Spaltbarkeit der Cutis.* — C. R. Acad. d. sciences de Vienne, t. 44, 1861). Dans le dessin qui accompagne le texte, on voit que, chez l'adulte, les faisceaux du derme dans la partie inférieure de la fesse décrivent des lignes courbes concentriques ou parallèles au pli fessier, lui-même courbe, comme nous l'avons dit; celles de la face postérieure de la cuisse sont également transversales, ou faiblement convergentes vers un axe médian. J'ai observé plusieurs fois ces lignes sous la forme de plis légers sur des sujets de dissection, par le fait de la rigidité cadavérique. C'est aussi cette disposition anatomique qui explique cette observation de Stratz :

« Quand, après un certain embonpoint, survient un amai-
« grissement, la disparition de la couche adipeuse déter-
« mine dans l'angle interne de la fesse la formation de
« légers plis transversaux (loc. cit. p. 181). »

Un dessin de Langer, qui se rapporte à un enfant de
deux ans, nous montre une disposition un peu différente.
Les lignes de fente croisent obliquement la direction du
pli fessier en se dirigeant vers le bord interne de la cuisse.
Cette observation s'applique, d'ailleurs, à d'autres régions
des membres, et Langer en a conclu que l'enfant possède
un type structural distinct, primitif, qui se transforme
plus tard par la croissance des membres, les mouvements
articulaires et l'établissement de l'attitude verticale.

3° L'appareil suspenseur du pli fessier est fortement
constitué. On est surpris de voir que les anatomistes qui
se sont occupés des ligaments de la peau, comme Sappey
et Pétrequin, n'aient pas mentionné ceux du pli fessier,
Pétrequin surtout qui, dans son Traité d'anatomie médico-
chirurgicale (1844), décrit ceux du pli de l'aine et même
ceux du trochanter. « Au pourtour du grand trochanter,
« j'ai constaté qu'il se détache du fascia superficialis (je
présume que c'est un lapsus pour fascia lata) « des fibres
« distinctes, qui traversent la couche sous-tégumentaire et
« vont s'unir à la peau qu'elles fixent circulairement
« autour de cette éminence osseuse. C'est le *ligament*
« *cutané* ou suspenseur des téguments. »

C'est Luschka qui a reconnu le premier les adhérences
fixatrices du pli fessier ; il n'en fait d'ailleurs qu'une men-
tion succincte. Voici ce qu'il en dit : « La limite infé-
« rieure de la fesse est formée par un sillon, qui ne
« provient pas, comme on le croit généralement à tort, du
« bord inférieur du grand fessier correspondant, mais
« qui est dû à ce que, dans la direction d'une ligne courbe
« unissant la tubérosité de l'ischion avec le grand trochan-
« ter, le coussinet adipeux est attaché par les retinacula cu-

« tis, partie à l'ischion, partie au fascia lata (LUSCHKA. *Ana-*
« *tomie des Menschen.*, t. II, 2e partie, 1864, p. 32). » Et
plus loin, p. 157 : « En bas et en dedans du bord inférieur
« du grand fessier, le coussinet adipeux de la peau atteint
« sa plus grande épaisseur et s'enfonce dans la profon-
« deur ; il est en partie traversé par de forts faisceaux
« élastiques qui s'étendent entre la peau et le revêtement
« fibro-cartilagineux de l'ischion comme de véritables liga-
« ments ischio-cutanés. » Depuis l'indication de Luschka,
d'autres anatomistes, Symington, Poirier, ont constaté ces
ligaments fixateurs, mais sans les décrire autrement.

Pour étudier le ligament suspenseur, il faut faire une
double préparation, en choisissant un sujet maigre et
suffisamment musclé. Sur un côté, on pratique une incision verticale profonde (ligne *a b* de la fig. 1) ; on obtient
ainsi la coupe représentée dans la fig. 3. Sur l'autre côté,
on cerne le pli par deux incisions, l'une supérieure, l'autre inférieure, qui lui sont parallèles et distantes de lui
de 3 à 4 centimètres ; elles doivent atteindre l'aponévrose
sans l'entamer ; puis on décolle la peau et son pannicule
avec les doigts jusqu'à ce qu'on ait isolé le ligament avec
la bande cutanée à laquelle il est fixé. On prolonge cette
préparation dans le pli génito-crural, le long de la branche
ascendante de l'ischion, jusqu'au sommet de l'arcade
pubienne.

Le ligament du pli fessier apparaît alors comme une
lame conjonctive, blanchâtre, parsemée de quelques lobules
adipeux, qui lui donnent l'aspect d'une coupe de la
glande mammaire. Il est dense, épais d'un demi-centimètre
et très résistant ; il porte facilement un membre inférieur
du poids de 12 kilog. Son bord profond ou osseux s'in-
sère en partie sur la tubérosité de l'ischion (bord posté-
rieur et face interne) et sur sa branche ascendante,
en partie sur les arcades tendineuses qui circonscri-
vent l'origine des muscles biceps, demi-tendineux et

grand adducteur. De là, le ligament se porte en arrière et
en bas, contourne le bord inférieur du grand fessier en

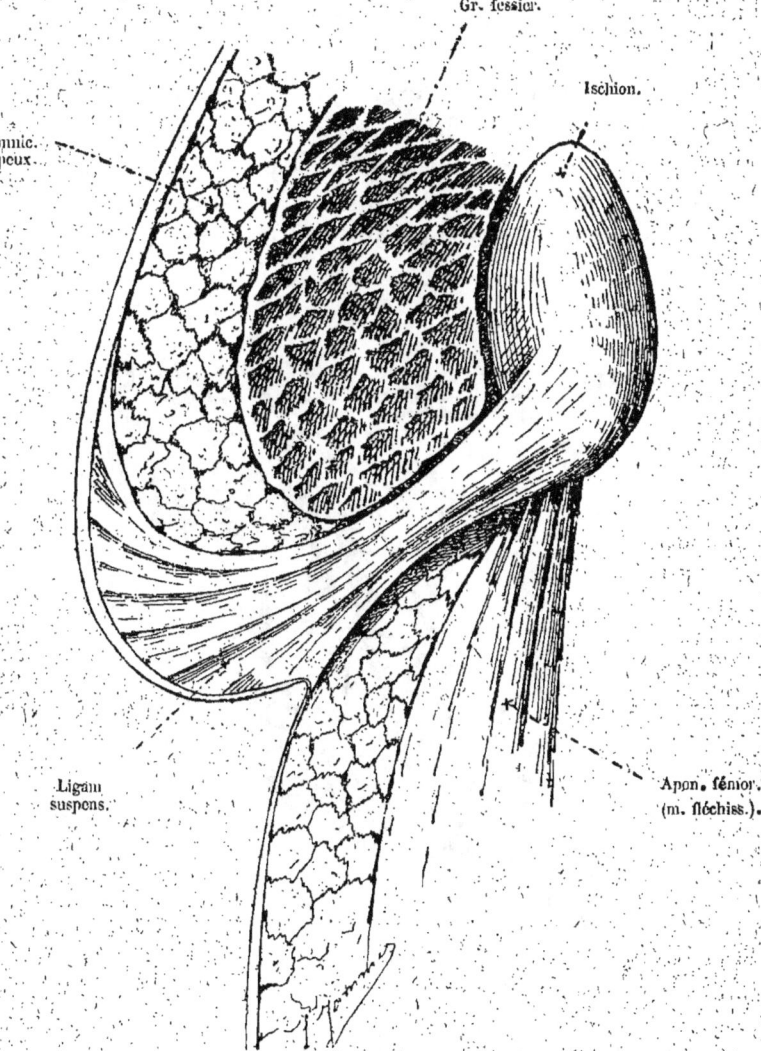

Gr. fessier.

Ischion.

Pannic.
adipeux.

Ligam
suspens.

Apon. fémor.
(m. fléchiss.).

Fig. III. — LIGAMENT SUSPENSEUR DU PLI FESSIER.

Coupe verticale antéro-postérieure suivant la ligne *a b* de la figure I ;
la coupe rase la face interne de l'ischion. — Côté droit ; vue de la
tranche externe.

Tous les dessins de cet article, faits d'après nature, sont dus à
l'obligeance de M. L. Jammes, de la Faculté des Sciences.

dehors, le coussinet adipeux en dedans, et se déployant en éventail par son bord superficiel ou cutané, traverse le panicule adipeux pour se fixer à la face profonde du derme. Cette insertion cutanée est très large, au moins au voisinage de la tubérosité ischiatique : elle s'étend depuis le fond du pli fessier jusqu'à 2 et 3 centimètres au-dessus. La figure III montre que le ligament forme, en quelque sorte, la paroi inférieure du *sac fessier* et qu'il soutient la graisse et le muscle qui remplissent ce sac.

Le ligament se continue en dedans, sur la branche

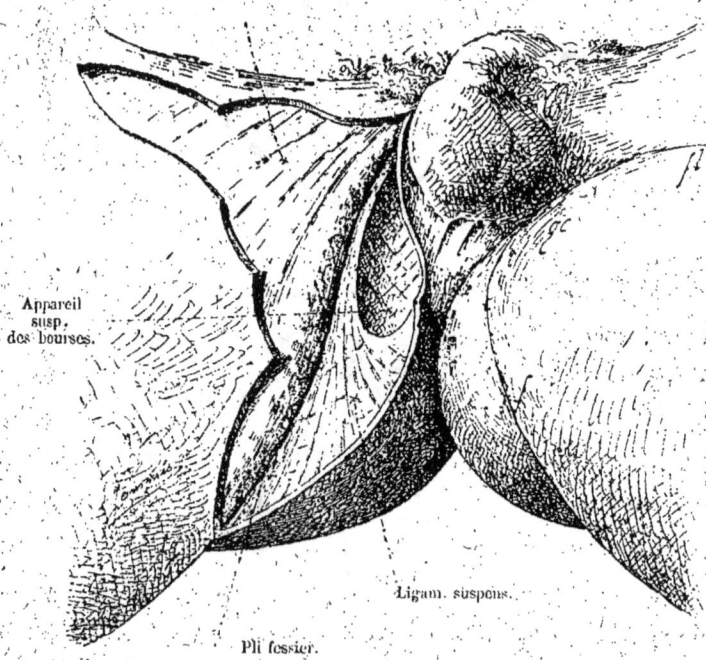

Apon. fémor.

Appareil
susp.
des bourses.

Ligam. suspens.

Pli fessier.

Fig. IV. — LIGAMENT SUSPENSEUR DU PLI FESSIER.

Du côté droit du sujet, on voit le ligament se prolonger sur la branche ascendante de l'ischion, en dehors de l'appareil suspenseur des bourses. — À gauche, *f* le pli fessier, *g e* le pli génito-crural, *fl* le pli de flexion.

Les bourses, très remontées pour les besoins de la dissection, ont perdu leur contact avec le pli génito-crural.

ascendante de l'ischion, avec le ligament cutané qui fixe le pli génito-crural, lui-même prolongé par les cloisons plus minces du pli de flexion. Le long de l'arcade pubienne, il s'adosse à l'appareil suspenseur des bourses qui est plus profond et plus interne. A eux deux, ils forment la cloison de séparation entre le tronc et les membres inférieurs. Au-dessous, la cuisse; au-dessus, les organes génitaux externes et la fesse avec son coussinet adipeux et la fosse ischio-rectale (fig. 4).

L'appareil suspenseur du pli fessier, méconnu de presque tous les anatomistes, très sommairement indiqué par Luschka, est le plus puissant des ligaments cutanés, sans en excepter le ligament de Gerdy. Les plis accessoires possèdent eux aussi des lames conjonctives qui les fixent à l'aponévrose fémorale ou à celle du grand fessier.

CAUSE DU PLI FESSIER

De nombreuses hypothèses ont été émises pour expliquer le pli fessier. On ne s'étonnera pas de leur multiplicité, car dès qu'on touche à la genèse des formes, on soulève des problèmes difficiles.

Avant toute discussion, il faut remarquer que la présence du pli fessier dès le début de la vie fœtale, chez l'enfant pelotonné sur lui-même et immobile, n'est pas une objection que l'on puisse opposer aux théories mécaniques; car les plis palmaires de la main et des doigts, que l'on n'hésite pas à rapporter aux mouvements de flexion, apparaissent eux aussi sur la main rudimentaire de l'embryon, simple palette rigide. Ce sont des formes fixées par l'hérédité. Mais, d'un autre côté, cette apparition précoce fait supposer que ces mêmes formes sont d'acquisition très ancienne et qu'elles sont probablement d'origine phylogénique.

Les causes auxquelles on a attribué la formation du pli fessier sont : la saillie du bord inférieur du muscle grand fessier, — la traction du ligament suspenseur, — le mouvement ou l'attitude d'extension, — enfin la différence de forme des deux régions adjacentes, la fesse et la cuisse.

Nous allons passer en revue ces différentes hypothèses, dont les deux premières doivent être rejetées, et dont la troisième ne peut fournir une explication satisfaisante qu'à la condition de se combiner avec la dernière.

1° Le pli fessier n'est pas produit par la saillie du muscle grand fessier.

On a longtemps admis que le pli fessier était dû au relief du bord inférieur ou bord interne du grand fessier. Luschka, le premier, montra que le pli n'est pas parallèle à ce bord, qu'il le coupe sous une incidence plus ou moins oblique ; Symington ajouta à cette observation un dessin tout à fait démonstratif. (J. SYMINGTON. *The fold of the nates.* — Journal of Anatomy, 1884, p. 198). Il fit aussi remarquer que ce pli est très marqué chez des sujets dont le muscle est en partie atrophié. Rappelons sommairement que le pli fessier est horizontal, tandis que le bord inférieur du muscle grand fessier descend obliquement sous une incidence qui chez les sujets bien musclés se rapproche de la verticale ; il coupe le pli en faisant avec lui un angle de 50 à 60° en moyenne (fig. 5). La partie interne du pli n'a même aucun rapport avec le muscle. Le défaut de relations entre eux est encore bien plus sensible chez le fœtus ; chez lui, le pli fessier ascendant à 45° ne rencontre le muscle que par son extrémité externe et perd presque tout contact avec lui.

2° Le pli fessier n'est pas un pli de traction dû aux ligaments cutanés.

Luschka fait pourtant de ces ligaments un des facteurs

du sulcus glutæus, lorsqu'il dit : « Le sillon est dû à ce « que dans la direction d'une ligne courbe étendue de la « partie interne de la tubérosité de l'ischion au grand « trochanter, le coussinet adipeux est attaché par les reti- « nacula cutis, partie à l'ischion, partie au fascia lata. » Plus loin, d'ailleurs, il fait jouer un rôle important à la saillie du coussinet adipeux. Symington dit aussi : « La cause principale de ce pli réside dans les adhérences cuta- nées, comme l'a vu Luschka », accessoirement dans la saillie de la tubérosité ischiatique et dans le mouvement de flexion.

G. Dévy (Note sur le pli fessier. — C. R. Assoc. des anatomistes, Paris, 1899) croit réfuter cette explication par les deux raisons suivantes. Le pli n'est pas dû aux retinacula cutis, car : 1° ces brides existent sur toute la convexité de la fesse et se prolongent sur le haut de la cuisse; elles ne diffèrent pas dans le pli fessier, sauf qu'en dedans de l'ischion elles sont plus denses et surtout plus longues, parce qu'elles contournent le bord du muscle pour aller s'insérer sur le feuillet profond de l'aponévrose fémorale, et non pas sur l'ischion. — 2° Si on coupe les retinacula du pli, on voit que le pli persiste d'une part sur la peau, et, d'autre part, bien qu'atténué, sur le muscle lui-même. La première objection de Dévy est en contra- diction avec les observations des anatomistes qui, à la suite de Luschka, admettent, non seulement l'adhérence générale de la peau dans la région fessière, d'où vient son immobilité, mais aussi la condensation de ces adhérences en un véritable ligament dans le pli fessier, le ligament ischio-cutané. Quant à la seconde, la persistance du pli sur la peau isolée, cette persistance s'explique par la forme définitive prise par la peau, de même que le pli ancien d'un vêtement ne disparaît plus sur l'étoffe abandonnée à elle- même.

A ne considérer que la forme actuelle des choses, il est

tout naturel de faire jouer un rôle important au ligament qui fixe un pli de la peau, et dans le langage courant, où l'on ne peut incessamment remettre en cause les questions d'origine, on admet très bien que l'on dise : ce sillon, cette fossette, ce pli, sont dus à des adhérences profondes. Mais il en est autrement si l'on aborde l'explication de l'origine des formes et de leur cause initiale. Ici, il faut reconnaître que les plis sont déterminés ou par les mouvements des organes ou par leurs formes ; ce sont des adaptations aux changements momentanés ou permanents de la surface du corps. Dans les points où ils se montrent, ils obligent la peau à s'amincir, à disposer ses faisceaux dans une direction favorable et à se fixer par des adhérences aux parties profondes. Ces adhérences, ces ligaments cutanés sont une conséquence d'ordre mécanique, et ne préexistent pas ; ils maintiennent plus ou moins immobile le pli qui tend à se former, mais ne l'ont point produit. C'est ainsi, du moins, par des influences mécaniques et non par une structure prédéterminée, qu'on s'explique aujourd'hui la genèse des formes liées au mouvement ou à l'équilibre des organes. Ces formes et ces structures une fois fixées par l'hérédité apparaissent ensuite d'elles-mêmes et comme spontanément, dès les premières époques de l'évolution individuelle.

3° Le pli fessier n'est pas un simple pli de mouvement et, en particulier, un simple pli d'extension.

Les articulations qui jouissent du mouvement de flexion possèdent deux espèces de plis articulaires, les plis de flexion sur une de leurs faces et les plis d'extension sur la face opposée ; c'est ce que l'on observe sur les doigts, le coude, le genou. Ordinairement, ces plis sont transversaux, perpendiculaires au sens du membre et du mouvement. Le pli de flexion de la hanche est par exception oblique ; il passe au-dessous du pli de l'aine et lui est parallèle dans sa partie moyenne. Cette obliquité résulte de la direction des parties en contact ; la cuisse et le bassin se joignent suivant un plan oblique qu'exprime assez bien la direction du pli inguinal.

Symington considère le mouvement d'extension comme un des facteurs accessoires de la formation du pli fessier. « Le degré de flexion, dit-il, auquel peut atteindre l'arti- « culation de la hanche, quand on exerce de légères pres- « sions avec la main, égale 145 à 150° d'après Morris. On « comprend que la peau qui subit un mouvement de dis- « tension dans la flexion de la cuisse se relâche dans l'état « d'extension et qu'ainsi un pli tend naturellement à se « produire au-dessous de la tubérosité ischiatique proémi- « nente. »

Les caractères des plis d'extension sont : d'apparaître tardivement, souvent plusieurs années après la naissance, de rester superficiels pendant la période moyenne de la vie et d'être parallèles aux plis de flexion. Or le pli fessier se montre à une époque précoce, au 4mo mois de la vie fœtale ; il est beaucoup plus profond que le pli de flexion de la hanche qui, très creusé chez le nouveau-né, à cause de l'attitude de flexion extrême que le séjour intra-utérin impose pendant plusieurs mois, s'efface ensuite peu à peu et n'est plus chez l'adulte, dans la position debout, qu'un sillon assez léger ; enfin le pli de flexion est oblique, le pli d'extension transversal.

Ces dérogations au type normal font prévoir qu'elles sont imposées par une forme locale particulière, par une structure qui est celle de la région fessière. L'observation la plus élémentaire nous montre que le mouvement d'ex- tension a pour axe cutané, pour charnière, le pli fessier et qu'il le creuse d'autant plus que le redressement est porté plus loin ; mais, d'autre part, ce pli est commandé dans sa direction par la saillie de l'ischion et du trochanter, et il n'est si profond que parce que la fesse surplombe la cuisse ; on conçoit qu'il existerait naturellement, alors même que le mouvement d'extension ferait défaut. En fait, et comme nous le dirons bientôt plus explicitement, tandis que sur la face antérieure de la hanche les deux plis, celui de structure et celui de mouvement sont dissociés et parallèles, sur la face postérieure ils sont confondus et s'accroissent par leur superposition.

A l'hypothèse du pli de mouvement se rattachent, comme variantes, celles du pli de réserve et du pli de redressement.

Thiéry (*C. R. Assoc. des anatomistes*, 1899. Discussion) pense que le pli fessier est un pli fonctionnel destiné à permettre la flexion de la cuisse ; cette flexion est extrêmement gênée, lorsqu'il y a des cicatrices à ce niveau. Ce serait en quelque sorte un *pli de réserve*. Mais la même remarque peut s'appliquer à tous les plis d'extension. Or, ceux-ci ne préexistent pas aux mouvements de flexion qu'ils devraient faciliter ; ils n'apparaissent en général qu'au bout de quelques années, comme des rides de la peau, qui, écartée pendant la flexion, ne revient plus suffisamment sur elle-même et garde la trace de sa distension.

La théorie du *pli de redressement* se rapproche de l'explication précédente. Elle suppose que l'enfant ayant conservé pendant toute la vie fœtale l'attitude fléchie, qu'il ne quitte que peu à peu dans les mois qui suivent la naissance, la peau distendue du côté opposé à la flexion a dû s'allonger outre mesure ; quand plus tard le membre se redresse et arrive à la position rectiligne, cette peau en excès doit se plisser pour se prêter au raccourcissement des surfaces, de là le pli fessier.

Cette hypothèse n'a pas seulement le défaut d'être purement ontogénique, restreinte à la seule évolution de l'individu. Elle soulève encore les objections suivantes. La même explication devrait être valable pour les faces dor-

sales d'autres articulations, coude, genou, doigts, qui
subissent le même redressement et chez lesquelles pourtant les plis d'extension font défaut ou sont à peine indi-
qués dans les premières années de la vie. — Une surface
cutanée en excès qui se raccourcit doit former, comme
une étoffe, des bourrelets, c'est-à-dire des plis saillants et
non des plis creux, ou mieux n'en former aucun, car la
peau à cet âge est assez élastique pour se prêter à une
autre position.

Au fond, le redressement de l'enfant n'est que la mise
en train et l'exercice progressif des mouvements d'extension; tout ce que nous avons dit de ces derniers lui devient
applicable. Il a toutefois ceci d'intéressant qu'il nous donne
peut-être en abrégé l'image du redressement de l'espèce
humaine, conquérant lentement l'attitude verticale, et qu'il
peut nous instruire sur la manière dont les formes de la
face dorsale du corps se sont adaptées à cette nouvelle
attitude.

4° Le pli fessier est un pli de structure qui s'est incorporé le pli de mouvement.

Je renvoie à mon article précédent pour la classification
des plis de la peau; je dirai seulement que les plis struc-
turaux sont ceux qui résultent des formes même du corps,
dont ils sont les angles rentrants. La plupart des auteurs
précédents ont bien fait intervenir la saillie de la fesse dans
la production du pli sous-jacent, mais aucun n'a été aussi
catégorique et aussi simpliste que Dévy. Le pli fessier,
dit-il, est dû à la pénétration d'un sphéroïde, la fesse, par
un cylindre, la cuisse. Dessinez ces deux figures s'entre-
pénétrant, et il y aura nécessairement à leur ligne de
contact un angle rentrant, qui est le pli anatomique. On
pourrait dire plus simplement : il y a un pli, parce que la
fesse déborde.

Quant à la saillie de la fesse, toujours selon Dévy, elle est liée principalement à la saillie du bassin en arrière, c'est-à-dire à la tubérosité ischiatique et au muscle grand fessier qui la recouvre, accessoirement au pannicule adipeux. Symington dit aussi : « La saillie de la « partie interne et inférieure de la fesse est produite en « grande partie par la tubérosité de l'ischion, et le pli « fessier est toujours le plus profond au point où il passe « au-dessous de cette tubérosité. » Je crois, au contraire, que le pli fessier résulte surtout de la saillie du coussinet adipeux qui constitue l'angle interne de la fesse. Je remarque, en effet, que ce pli est beaucoup plus marqué en dedans de l'ischion qu'au-dessous ; et qu'il est d'autant plus prononcé que l'extension du membre est plus forte, attitude dans laquelle l'ischion est effacé, tandis qu'il

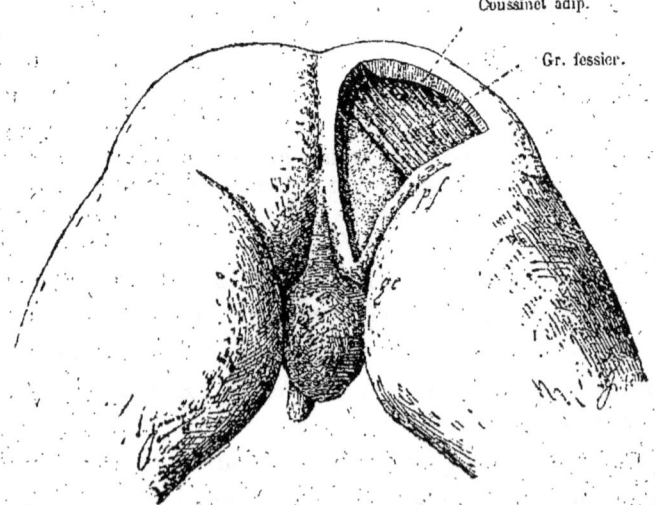

Fig. V. — RAPPORTS DU PLI FESSIER.

Enfant en position genu-pectorale. — Le pli fessier *pf*, continuation du pli génito-crural *gc*, est encore très oblique et coupe à angle droit le muscle grand fessier. — L'angle interne de la fesse bien dessiné est occupé par le coussinet adipeux.

disparaît dans la position quadrupède qui fait saillir fortement l'ischion. P. Richer (Nouvelle Iconogr. de la Salpé-

trière, 1889, p. 220. *Note sur le pli fessier*) reconnaît aussi
l'importance du tissu adipeux. « La saillie de la fesse,
dit-il, est due bien souvent beaucoup plus à l'accumulation
graisseuse qu'au grand développement musculaire. La fesse
est peu saillante, plate et molle, chez les athlètes qui ont de
gros muscles avec peu de graisse. Elle est, au contraire,
saillante et ferme chez les femmes. La graisse joue donc
un rôle morphologique important. » La profondeur du
pli est encore accrue par ce fait que le panicule adipeux
de la lèvre fémorale tend aussi à s'hypertrophier ; il est
plus épais que celui de la face postérieure de la cuisse
qui lui fait suite.

Ce *coussinet adipeux de la fesse*, dont la saillie est la
principale cause du pli qu'il surplombe, occupe l'espace
triangulaire compris entre le bord inférieur du grand
fessier en dehors, le pli fessier en bas, le sillon interfessier
en dedans (fig. 5).

Près de la ligne médiane, il mesure en hauteur 5 à
6 centimètres et même davantage. Son angle externe se
prolonge au-dessous de la tubérosité ischiatique, qu'il contribue à matelasser, dans la station assise, d'une couche
qui, chez une femme un peu grasse, a plusieurs centimètres d'épaisseur.

Dans sa partie superficielle, il est traversé le long de
son bord inférieur et même, au voisinage de l'ischion,
dans toute sa hauteur, par les fibres irradiées du ligament
suspenseur. (Fig. 3). Luschka revient à plusieurs reprises
sur cette structure.

« Le coussinet adipeux sous-cutané, dit-il, n'a pas
« seulement une épaisseur notable, mais il se distingue
« encore par une élasticité qui ne se retrouve sous cette
« forme qu'à la plante du pied. Celle-ci est due à ce que,
« dans la direction du pli fessier, ce coussinet est en
« quelque sorte cousu avec d'innombrables filaments
« extensibles qui s'enfoncent dans la profondeur et sont
« particulièrement nets et forts dans la région de la tubé-

« rosité de l'ischion, en sorte que les lobules adipeux,
« arrondis, bien séparés, se trouvent à l'état de compres-
« sion permanente, ce qui protège les parties molles
« sous-jacentes contre une pression nuisible dans la
« station assise. (Loc. cit., p. 33). »

Dans un autre passage (p. 137), il en signale le rôle
morphologique : « Le coussinet adipeux ainsi cousu en
« quelque sorte, principalement vers la partie interne de
« l'ischion, prend une part notable à la formation de la
« partie la plus proéminente de la fesse, et dans tous les
« cas contribue aussi à la manifestation du sillon
« à convexité inférieure qui, dans la station debout, se
« montre comme la limite inférieure de la fesse. »

Grâce au pli fessier qui la termine et aux adhérences
profondes qui forment son bord inférieur, la peau de la
région fessière forme une sorte de sac ou de poche ovoïde
dont le fond convexe répond à l'angle inférieur et interne,
au contact de celui du côté opposé. Ce *sac fessier* est
rempli dans sa partie inférieure par la portion charnue
du bord interne du muscle grand fessier, portion épaisse,
arrondie, à convexité inférieure, qui se projette en partie
au-dessus de la fosse ischio-rectale, et d'autre part par
l'épais pannicule adipeux que nous venons de décrire.

Dans sa partie profonde, le coussinet adipeux sous-
cutané se continue sans démarcation avec la graisse de
remplissage qui occupe la fosse ischio-rectale ; on ne trouve
entre ces deux portions aucune espèce de limite, ni
aponévrose, ni fascia superficialis ; Merkel revient à
nouveau sur ce détail d'une façon très affirmative (*Handb.
d. topogr. Anat.* t. 3, p. 128, 1903). Il y a là, en effet, un
point remarquable de la surface du corps. Au-dessus de
la partie interne du pli fessier et de son ligament, en
dedans de l'ischion, existe un vaste diverticule de l'espace
sous-cutané qui s'enfonce dans la fosse ischio-rectale.
Aucune aponévrose autre que celle de l'obturateur interne
et du releveur de l'anus, parois de cette fosse, ne vient

s'interposer, et le doigt pénétrant par une incision de la peau cheminait dans le tissu adipeux sous-cutané jusqu'au fond de l'excavation. La fosse ischio-rectale est un diverticule sous-cutané.

Par sa structure, sa constance, sa résistance aux effets de l'amaigrissement général, le coussinet adipeux de la fesse a tous les caractères de ce que Ch. Robin appelait les organes adipeux, tels que la boule de Bichat, le coussinet adipeux de l'orbite, les paquets graisseux articulaires. Il remplit une fonction mécanique; c'est un organe d'appui, et comme tel il fait partie du plan de l'organisme.

Il nous reste à indiquer les différences sexuelles. La femme a, comme on le sait, les fesses plus volumineuses que celles de l'homme, c'est-à-dire plus saillantes, plus larges et plus hautes. Cette prédominance ne peut tenir ni aux masses musculaires, beaucoup moins puissantes, ni, pour ce qui concerne la hauteur, au bassin osseux qui est plus court que celui de l'homme, même proportionnellement à sa taille (12°°3 contre 13°°), d'après Verneau. Elle est liée au développement du pannicule adipeux. Tandis qu'au centre de la région fessière, ce pannicule ne mesure en épaisseur que 2 c. et même moins (12 à 15 mm.) sur un homme bien musclé, il atteint le double chez la femme, c'est-à-dire de 3 à 4 centimètres et facilement davantage, si le sujet est manifestement gras. Merkel cite une jeune fille très robuste, morte en se suicidant, chez laquelle il y avait 8 et 9 centimètres de graisse au milieu de la fesse; chiffre qui me paraît d'ailleurs tout à fait exceptionnel. Ces différences se retrouvent dans le coussinet adipeux du pli fessier.

Malgré le bassin plat et un peu plus incliné que celui de l'homme, le diamètre vertical de la région fessière chez la femme, hauteur ou longueur, mesuré au compas d'épaisseur de la crête iliaque au pli fessier, égale celui de l'homme

en chiffres centésimaux, c'est-à-dire rapportés à la taille =
100 ; 15°° dans les deux sexes. Mais, d'une part, cette longueur, que nous estimons à l'œil en suivant la courbe plus
proéminente et non en raccourci, nous paraît plus grande,
et d'autre part chez les femmes qui ont le plein embonpoint
de la maturité, elle dépasse réellement celle qu'elle présente chez l'homme, en s'élevant à 16 et 17°°; de toute manière elle est plus grande pour un bassin osseux plus petit.
Nous avons dit, au début de ce travail, que cet abaissement
du pli fessier fait paraître les membres inférieurs encore
plus courts qu'ils ne le sont par eux-mêmes.

Quant à la largeur de la région fessière, mesurée du sillon interfessier à la face externe du grand trochanter, elle
est évidemment plus considérable chez la femme (20 à 21
centièmes contre 18 à 19), dont le petit bassin est plus large
et les hanches sont plus écartées. Mais, même encore ici,
la graisse joue un certain rôle, car elle est plus épaisse
dans le sexe féminin sur la région trochantérienne et surtout au-dessous à partir d'un certain âge ; dans ce dernier
cas, le diamètre sous-trochantérien est la plus grande
largeur de la partie inférieure du tronc.

Cette adiposité fessière est un caractère sexuel de la
femme. Est-ce un effet de sa vie sédentaire, ou de la ten-
dance de son système adipeux à s'accumuler autour du
bassin ? Il est en tout cas remarquable que la femme seule
présente cette hypertrophie de la graisse fessière qui, pous-
sée à l'excès chez certaines peuplades africaines, constitue la stéatopygie et qui sous une forme atténuée n'est pas
rare dans les races blanches.

En résumé, à la formation du pli fessier concourent deux
facteurs : un facteur principal, la structure ; un facteur
secondaire, le mouvement. En tant que pli de structure,
il nous apparaît comme étant surtout un pli adipeux. Il
n'est pas sans analogie avec les plis parallèles, souvent
très profonds, qu'on observe chez les femmes et chez les
petits enfants sur la face postérieure et sur la face interne

de la cuisse, dans le cas de forte réplétion graisseuse. En tant que pli de mouvement, il est le pli de l'extension, et se continue avec le pli génito-crural lui aussi de type mixte, pli de structure et pli de l'adduction ; le pli génito-crural à son tour se prolonge dans le pli de flexion qui court sur la face antérieure de la cuisse et quelquefois dans le pli de structure du ventre qui est le pli de l'aine.

ORIGINE ET ÉVOLUTION DU PLI FESSIER

L'homme seul a des fesses, disent tous les naturalistes, depuis Aristote jusqu'à Buffon ; à la condition d'entendre sous ce nom un siège, une surface d'appui carrée, et c'est ce qui a fait dire à Spiegel : « Les fesses ont été données à l'homme pour qu'étant commodément assis, il puisse se livrer à son aise à l'étude des choses divines. » Mais, dans un sens plus large, les zoologistes décrivent chez les animaux une région fessière, autrement constituée il est vrai. Tandis que les muscles fessiers, parmi lesquels le grand fessier est proportionnellement moins développé que chez nous, forment une masse horizontale qui est la croupe, la fesse est une région verticale qui borde le périnée et descend vers la jambe ; c'est le bord interne de la cuisse, bord convexe et charnu que garnissent les muscles ischio-tibiaux (biceps, demi-tendineux et demi-membraneux). L'angle ou pointe de la fesse est l'ischion saillant ; le *pli de la fesse*, qui est sans analogie avec le nôtre, coupe la jambe en arrière vers son tiers supérieur et répond plutôt à notre pli poplité. Il n'y a donc entre ces deux types qu'une partie commune, l'ischion, avec les parties molles qui l'entourent. Si nous supposons que le quadrupède se redresse en position verticale et qu'une fesse apparaît avec le type humain, nous verrons que celle-ci se constitue aux dépens d'abord de

toute la croupe animale qu'elle s'incorpore, et ensuite de
l'extrémité supérieure ou ischiatique de la fesse des animaux. Pour achever la forme, il faut prolonger le grand
fessier en un bord arrondi qui recouvre l'ischion et matelasser le vide ischio-rectal avec un épais coussinet adipeux.
Alors apparaîtra le pli fessier qui séparera définitivement
la cuisse.

Comment s'opère ce changement que nous venons de
supposer immédiat ? Il serait nécessaire d'observer les
états intermédiaires que doivent présenter les anthro-
poïdes. Je n'ai malheureusement trouvé sur ce sujet
aucune indication précise dans les auteurs que j'ai pu
consulter.

L'étude de l'évolution fœtale nous donnera peut-être
d'utiles indications.

Sur les fœtus humains, du 4e au 6e mois, en raison de
leur attitude fléchie, la cuisse se continue directement avec
la fesse, et il ne saurait être question d'un cylindre pénétrant un sphéroïde. Il y a cependant un pli fessier à
l'état d'ébauche. Le périnée forme un triangle saillant à
base supérieure, anale ; de chaque côté, cette base se continue sans démarcation avec la fesse. Le pli génito-
crural sépare la cuisse de ce triangle génital et remontant
en dehors, sous une incidence de 45°, constitue la partie
interne du futur pli fessier. Ce pli débute donc comme un
prolongement du sillon génito-crural, sa portion interne
se montre la première et il est d'abord oblique. Il n'a de
rapport ni avec l'ischion ni avec le grand fessier. Il est
déjà pli de structure entre des parties de saillie différente ;
il borde l'éminence périnéale. Un peu plus tard, nettement
vers le 7e mois, une branche interne de bifurcation se
détache du pli génito-crural, se dirige en haut et en
dedans vers l'orifice anal en circonscrivant le périnée
et va rejoindre le sillon inter-fessier avec lequel elle

est désormais continue (fig. 6). De cette bifurcation résulte
la séparation de la fesse d'avec le périnée et la constitu-

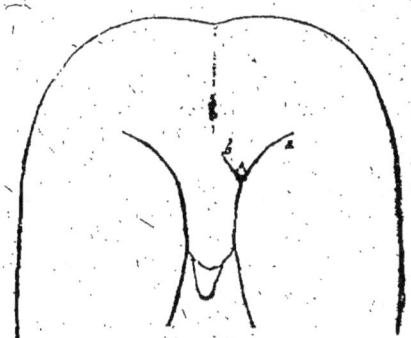

Fig. VI. — Développement du pli fessier.

Fœtus de six mois. — A gauche, continuation de la fesse avec le périnée. A droite,
un sillon *b*, qui se dirigeant vers la ligne médiane commence à séparer le périnée ;
l'angle de la fesse A se constitue. — Remarquer la direction ascendante du pli
fessier *a*.

tion de son angle interne A qui est la partie la plus carac-
téristique de la fesse humaine, celle qui contient le
coussinet graisseux (fig. 5). Quant à la branche externe de
division, pli fessier, elle garde jusqu'à la naissance et
souvent bien au-delà sa direction ascendante et sa courte
extension en dehors. A la naissance, le coussinet adipeux
est déjà bien développé, même sur des enfants maigres ; le
grand fessier, au contraire, ne présente qu'un bord inférieur mince et éloigné de l'angle interne. Avec la position
verticale qui s'établit progressivement, le muscle se déve-
loppe, surtout dans sa partie interne, ischiatique, le pli
fessier devient horizontal ; le type fessier humain est constitué.

Dans cette évolution, il semble qu'on peut distinguer
deux états successifs : l'un, l'état fœtal, dans lequel la
fesse est triangulaire, il lui manque toute sa partie externe
et inférieure, l'angle interne se continue sans séparation
avec le périnée, le pli fessier est ascendant ; l'autre, l'état
définitif, dans lequel la fesse élargie prend la forme car-

rée; elle se sépare du périnée, le pli est transversal. Faut-il voir dans le premier état la forme transitoire de l'attitude oblique et dans le second celle de l'attitude verticale?

En tous cas, il est permis de penser qu'à côté des effets de pression et de tassement qui ont modifié le pannicule adipeux, l'accroissement progressif du grand fessier a joué le rôle le plus important. Ce muscle n'a qu'une valeur secondaire chez les quadrupèdes; chez les singes, il ne recouvre pas l'ischion. Son grand développement, comme celui des muscles du mollet, est une des caractéristiques de l'homme. C'est surtout par son bord inférieur, qui contribue si puissamment au relief de la région, qu'il devient le muscle dominant; il s'étend sur l'ischion, refoule le coussinet graisseux vers le périnée et oblige le pli fessier, et avec lui le lieu des mouvements d'extension, à s'abaisser jusqu'à être horizontal. A son tour, ce mouvement qui suit la forme l'accentue plus profondément et concourt avec le pli génito-crural à établir la limite inférieure du tronc.

On voit quelquefois chez l'adulte le pli fessier conserver une obliquité très marquée. Stratz dit que cette obliquité exagérée indique l'étroitesse du bassin et la longueur excessive du sacrum. Je présume plutôt, sans en avoir d'ailleurs la démonstration, que cette forme inachevée tient à un développement insuffisant du muscle fessier.

En résumé, le pli fessier, pli organique et pli de mouvement, ligne de séparation entre le tronc et le membre, est la conséquence de l'attitude verticale.

Extrait des ARCHIVES MÉDICALES DE TOULOUSE, n°s des 1er et 15 avril 1906).

Toulouse. — Imp. Ch. Marqués, 22 et 24, boulevard de Strasbourg.

10

www.ingramcontent.com/pod-product-compliance
Lightning Source LLC
Chambersburg PA
CBHW060852180626
46818CB00004B/1672